房子，再见

文·图／[美]法兰克·艾许
译／高明美

明天出版社·济南

山东省著作权合同登记号　图字: 15-2019-204号

GOODBYE HOUSE

Text and Illustration Copyright © 1986 by Frank Asch

Simplified Chinese translation copyright © 2010 by Tomorrow Publishing House

in conjunction with Hsinex International Corporation

Published by arrangement with Simon & Schuster Books for Young Readers,

an imprint of Simon & Schuster Children's Publishing Division through Bardon-Chinese Media Agency

All Rights Reserved.

本简体字版 © 2010由（台北）上谊文化实业股份有限公司授权出版发行

图书在版编目(CIP)数据

房子，再见／[美]艾许编绘；高明美译

. 一济南：明天出版社，2010.10（2023.11重印）

（信谊世界精选图画书）

ISBN 978-7-5332-6407-9

I.①房… II.①艾…②高… III.①图画故事—美国—现代 IV.①I712.85

中国版本图书馆CIP数据核字(2010)第182364号

FANGZI ZAIJIAN

房子，再见

文·图／[美]法兰克·艾许　译／高明美

艺术总监／张杏如　责任编辑／凌艳明　美术编辑／李宝华

特约编辑／高明美 马永杰 刘维中　特约美编／黄锡麟 王素莉

出版人／李文波　出版发行／山东出版传媒股份有限公司 明天出版社

地址／山东省济南市市中区万寿路19号

网址／www.tomorrowpub.com

特约经销商／上海上谊贸易有限公司

地址／上海市静安区南京西路1266号恒隆广场二期3906单元

电话／86 21-62250452　网址／www.xinyituhuashu.com

经销／新华书店　印刷／上海当纳利印刷有限公司

开本／230毫米×230毫米　16开　印张／2.5

版次／2010年10月第1版　印次／2023年11月第13次印刷

ISBN 978-7-5332-6407-9　定价／38.80 元

献给 Randy, Debbie, Serena, Emily,
Richie, 以及 Phoebe Moon

当所有家具都打好包，装进了货车，
小小熊说："等一下，
我好像忘了什么东西。"
说着，他就跑进了屋里。

他先在餐厅和厨房里找，
在客厅、浴室和所有的卧室里找。
然后他到小阁楼和地下室找。
他找遍了每个地方。

但是，房子空空的。

"你找到你要找的东西了吗？"熊妈妈问。

"没有，妈妈，"小小熊说，

"房子是空的。"

"哦，你认为房子是空的。"熊爸爸说。

"对啊！"小小熊叹了一口气。

"我们的东西通通不见了。"

"那，回忆呢？"熊爸爸说。

"我记得我的沙发放在那儿。"熊妈妈说。

"我的沙发就在那儿。"熊爸爸说。

"我的在这里。"小小熊说。

有那么几分钟，房间里的每样东西

好像都在它们原来的地方，但很快地……

它们全都……

消失了。

"来吧，"熊爸爸说，"我们来说再见。"
他抱起小熊，带他走到每个房间。

他们跟餐厅

和楼梯说再见。

他们跟卧室、走廊、

天花板和墙壁说再见。

他们跟小阁楼

和地下室说再见。

他们跟地板、门、窗户
和厨房的料理台说再见。
当他们跟后院里的
每样东西都说了再见后，

他们锁上了前门，

跟整栋房子说再见。

然后，他们爬上了货车，

离开了。

当车子开走的时候，小小熊说：
"我知道我忘记什么了，
我忘了说再见。"

美丽缠绵

梅子涵 上海师范大学中文系教授、博士生导师

　　这不止是一个搬家时对房子说再见的故事，它更是一种美丽缠绵。人真是要有这样的若有所失和留恋的，不可以拍拍屁股拔脚就走。"房子"的意思也不止是一个住所，一生里许多地点的温暖和关爱养育与扶助，都是值得离开时频频回首、热泪盈眶的。这就是为人的那一种味道，反过来我们也说："没有人的味道！"儿童文学的很多故事就是给孩子做人的一生的味道，于是他们走到人的路上去，他们结合起来的那个人群，那个社会，那个世界，缤纷的好味道就满在眼前，满在呼吸里，耳朵也听得见。

　　这个故事里首先回头走去的是小熊，是孩子，可正式想起进行这个仪式的是一个父亲。这是一个值得赞许的父亲，他会有忽略和遗忘，但是他在孩子的心情前能被触动，立即响应，于是故事的主人就由一个变成了两个，变成了三个。当一个美丽的故事是由父亲、母亲和孩子一起完成的，那么就会有"遗传"的力量，就很难离得开，小熊长大了，一个人住到独自的房子里了，他对你的惦念好深哦好长，他永远也不可能愿意对你说再见。他的房子里，一直有你在。

　　世界的大房子里，美丽的缠绵要一直在。